LA
FACULTÉ DE MÉDECINE
DE PARIS

APRÈS JUILLET 1830

PAR

LE Dr A. CORLIEU

Bibliothécaire-adjoint de la Faculté de Médecine,
Chevalier de la Légion d'honneur, etc.

> Je ne juge pas, je raconte.
>
> (MONTAIGNE).

PARIS

V. A. DELAHAYE ET Cⁱᵉ, LIBRAIRES-ÉDITEURS

Place de l'École-de-Médecine,

1878

PUBLICATIONS DE LA FRANCE MÉDICALE

FOURNIER (Alfred). Des Glossites tertiaires.................. 3 fr. 50

    Id.   Lésions tertiaires de l'anus et du rectum.. 2 fr. »

BOUDET (de Lyon). La fièvre typhoïde et les bains froids à Lyon. 1 fr. »

RUSSEL REYNOLDS. Leçons cliniques d'électrothérapie......... 1 fr. 50

HAYEM. De la méningite dans l'érysipèle de la face............ 1 fr. »

GUENEAU DE MUSSY (Noel). Contribution à l'histoire des abcès
            du foie.. .... 1 fr. »

    Id.   Considérations historiques et philosophi-
          ques sur la génération spontanée...... 1 fr. »

    Id.   Notes et impressions de voyage dans les
          trois Royaumes. Notes écrites au cou-
          rant du crayon..................... 1 fr. 50

    Id.   Contribution à l'histoire des maladies ma-
          trimoniales........................ 1 fr.. »

    Id.   Quelques considérations sur l'hygiène des
          jeunes filles et des jeunes femmes à pro-
          pos des maladies matrimoniales....... 1 fr. »

HORTELOUP (Paul). Traitement de la syphilis par les fumiga-
          tions mercurielles.... .... 1 fr. »

    Id.   Sarcome télangiectasique du cuir chevelu, com-
          pliqué d'anévrysme cirsoïde. — Opération. —
          Guérison. .... 1 fr. »

    Id.   De la syphilis maligne................ 1 fr. »

VERITÉ. De l'eczéma anal..... .... 1 fr. »

GOSSELIN (de l'Institut). Du pansement des plaies............ 1 fr. »

PANAS (F.). Conférences cliniques d'ophthalmologie sur l'aspect
          ophthalmoscopique de la macula ; le numérotage mé-
          trique des verres ; l'atrophie blanche de la papille ;
          les troubles papillaires dans les affections cérébro-
          spinales ; la rétinite pigmentaire; rédigées et publiées
          par M. Armand CHEVALLEREAU, interne des hôpitaux de
          Paris. 1 fr. 50

LAILLER. Leçons sur quelques affections cutanées, faites à l'hô-
          pital Saint-Louis (1877); recueillies et rédigées
          par P. Colfer, interne des hôpitaux.

LA

FACULTÉ DE MÉDECINE

DE PARIS

APRÈS JUILLET 1830

PAR

LE Dr A. CORLIEU

Bibliothécaire-adjoint de la Faculté de Médecine,
Chevalier de la Légion d'honneur, etc.

Je ne juge pas, je raconte.

(MONTAIGNE).

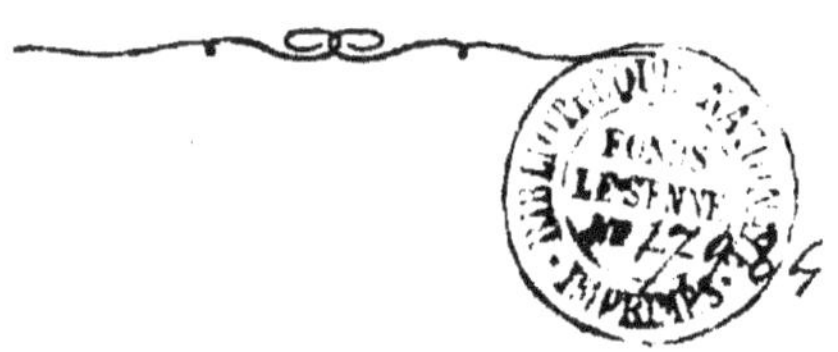

PARIS

V. A. DELAHAYE ET Cie, LIBRAIRES-ÉDITEURS

Place de l'École-de-Médecine.

1878

(Extrait de la *France médicale*, n°^s 93 et suiv.)

LA
FACULTÉ DE MÉDECINE DE PARIS
APRÈS JUILLET 1830.

Quand éclata la Révolution de Juillet 1830, la Faculté de médecine était composée de vingt-quatre professeurs titulaires, cinq honoraires et vingt-quatre agrégés en exercice. C'étaient :

DOYEN : Landré-Beauvais.

PROFESSEURS :

Anatomie : Cruveilhier.
Physiologie : Duméril.
Chimie médicale : Orfila.
Physique médicale : P. Pelletan.
Histoire naturelle médicale : Clarion.
Pharmacologie : Guilbert.
Hygiène : Andral.

Pathologie chirurgicale . { Marjolin.
Roux.

Pathologie médicale : { Fizeau.
Fouquier.

Opérations et appareils : Richerand.
Thérapeutique et matière médicale : Alibert.
Médecine légale : Adelon.
Accouchements, maladies des femmes en couches et des enfants : Moreau.

Clinique médicale : { Cayol.
Landré-Beauvais.
Récamier.
Chomel.

Clinique chirurgicale : { Dubois.
Bougon.
Boyer.
Dupuytren.

Clinique d'accouchements : Deneux.
Bibliothécaire : Mac-Mahon.
Sous-bibliothécaire : Bayle.

Les AGRÉGÉS étaient : Baudelocque, Bayle, Bérard, Blandin, Bouillaud, Bouvier, Briquet, Brongniart, Cloquet, Cottereau, Dance, Devergie, Dubled, Paul Dubois, Gerdy, Gibert, Hatin, Lisfranc, Martin Solon, Piorry, Rochoux, Sandras, Trousseau, Velpeau.

Les PROFESSEURS HONORAIRES étaient : De Jussieu, Desgenettes, Deyeux, Lallement, Leroux.

Nous n'avons pas à envisager ici le côté politique de la Révolution de 1830. Disons cependant qu'elle a été chaudement acclamée dans le monde médical et que la jeunesse des écoles n'a pas fait preuve d'indifférence dans cette crise politique. Un élève de l'école normale (Farcy), un élève de l'école polytechnique (Vaneau), trois élèves en pharmacie (Simoneau, Montsarrat, G. Ader), deux élèves de l'École de médecine, (Labarbe de Rouen, et Léon Maurin) furent tués dans la lutte. On citait comme s'étant distingués les étudiants Gros, Rudel-Dumiral, Bixio, Littré, Chapellier, Virgile Malin, Adolphe Gaulet, Petit-Dugour, etc., etc.

Le 28 juillet 1830, la Faculté n'avait pas ouvert ses cours. Cinq jours après, le 2 août, les professeurs se réunirent pour aviser aux besoins de l'École. Le 4 août, Dubois était nommé doyen de la Faculté, par ordonnance signée du Lieutenant-général du Royame.

Louis-Philippe avait décrété le 6 août que, pour récompenser les élèves qui s'étaient le plus distingués pendant les trois journées quatre croix de la Légion d'honneur seraient mises à la disposition du Doyen, qui, après enquête, ferait la présentation à sa signature.

Le 10 août à midi, tous les étudiants se réunirent dans le grand amphithéâtre sous la présidence du doyen, assisté d'Orfila, d'Adelon, et de Richerand, pour prendre une résolution relativement à ces quatre croix. Ils les refusèrent, disant que « un devoir national accompli en commun ne mérite pas de récompense individuelle. » Orfila proposa d'accepter ces croix et de les laisser à la Faculté, comme souvenir. La proposition d'Orfila ne fut pas adoptée. On décida alors qu'une visite de remerciment serait faite à Louis-Philippe qui avait été proclamé roi la veille. A quatre heures moins le quart, 1 800 étudiants environ, sur quatre de front, conduits par le doyen Dubois, partent de l'Ecole de médecine et se rendent au Palais-Royal où ils sont présentés au nouveau souverain, ayant à sa droite son fils aîné le duc de Chartres, qui allait quitter ce titre pour prendre celui de duc d'Orléans et à sa gauche le prince de Joinville.

Le roi reçut la députation avec une grande aménité et le doyen Dubois lui adressa les paroles suivantes :

Sire,

« Les élèves de l'Ecole de médecine de Paris, réunis par l'amour de l'ordre et de la liberté, viennent vous exprimer par ma voix leur résolution unanime de ne point accepter de distinction individuelle pour un devoir que tous ont rempli et dont ils ont obtenu la plus belle récompense.

« Daignez permettre, Sire, qu'ils présentent en même temps à Votre Majesté l'hommage de leur reconnaissance, de leur dévouement et de leur profond respect. »

Le roi a répondu :

« Messieurs,

« Je suis sensible à votre démarche généreuse et à l'expression de sentiments si dignes de la jeunesse française.

« Je n'ai pu offrir que quatre croix ; j'aurais voulu en donner à tous, persuadé que tous avaient également bien mérité de la patrie dans ces graves circonstances ; toute la jeunesse a montré un héroïsme et un dévouement sur lesquels je suis heureux de pouvoir compter. »

C'était la première fois que la jeunesse des écoles était reçue par un souverain. En 1848, au lendemain de la Révolution de février, un nombre considérable d'étudiants, précédés d'une fanfare, se rendaient au Ministère des affaires étrangères, alors boulevard des Capucines, et étaient reçus par Lamartine qui les harangua au nom du Gouvernement provisoire.

On se rappelle que le 21 novembre 1822, à la suite de désordres survenus à la Faculté de médecine lors de la séance d'ouverture, Louis XVIII, sur la proposition de De Frayssinous, évêque d'Hermopolis, ministre de l'Instruction publique, avait supprimé l'École de médecine, sans même que le Conseil royal en fût prévenu. Le 2 février 1823, elle avait été réorganisée par une Commission dont Cayol faisait partie et présidée par Corbière. De Jussieu, Vauquelin, Dubois, Pelletan père, Deyeux, Pinel, Desgenettes, Chaussier, Lallement et Leroux avaient été remplacés. Leurs opinions ne convenaient pas au ministère.

Des vingt-quatre professeurs titulaires en juillet 1830, il en restait huit sur les dix qui avaient été nommés par le décret royal du 2 février 1823, après la dissolution de l'école ; c'étaient Clarion, Pelletan fils, Guilbert, Fizeau, Cayol, Landré-Beauvais, Bougon et Deneux (1). Mac-Mahon avait succédé à Moreau (de la Sarthe) dans les fonctions de bibliothécaire, le 22 avril 1823.

(1) Laennec était mort en 1826 et Berlin en 1827.

Mais les événements de 1822 et 1823 n'étaient pas oubliés ; maîtres et élèves protestèrent contre le décret du 21 novembre, demandèrent la réorganisation de l'école, et la réintégration des professeurs éliminés.

Le 23 août 1830, le nouveau ministre de l'Instruction publique, le duc Victor de Broglie, publiait l'arrêté suivant :

« Nous Ministre, etc.

« Vu les réclamations à nous adressées contre les mesures qui ont été prises à l'égard de la Faculté de médecine de Paris, dans le courant de l'année scolaire 1822-1823,

« Après avoir pris l'avis du Conseil royal de l'instruction publique, avons arrêté et arrêtons ce qui suit :

« ART. 1er. — Une commission formée comme ci-après, sera chargée de l'examen préparatoire de toutes les questions relatives à l'organisation de la Faculté de médecine de Paris. Elle nous fera son rapport d'ici au 15 septembre prochain.

« ART. 2. — Sont nommés membres de la Commission instituée par l'article précédent : MM. le baron Cuvier, le baron Dubois (doyen), Duméril, Landré-Beauvais, Andral, professeurs, Jules Cloquet, agrégé, Husson, Jules Guérin, docteur en médecine. »

Par arrêté du 28 août, Richerand et Orfila remplacèrent Dubois et Landré-Beauvais.

Le rapport, dû à la plume de Jules Guérin ne contient pas moins de 46 pages in-4°. Il conclut : 1° à la révocation des Ordonnances du 21 novembre 1822 et du 2 février 1823 ; — 2° au maintien des professeurs attachés à la Faculté avant l'ordonnance de suppression ; — 3° à la réintégration des professeurs éliminés ; — 4° au maintien des cinq professeurs régulièrement nommés depuis 1823. C'étaient Cruveilhier, Audral, Alibert, Adelon, Chomel et Moreau.

La Commission demanda en outre que cinq nouvelles chaires fussent créées, savoir :

1° Histoire de la médecine ;

2° Anatomie générale, comparée et pathologique ;

3° Pathologie et thérapeutique générales ;

4° Clinique des maladies des enfants ;

5° Clinique des maladies cutanées, syphilitiques et scrofuleuses.

Enfin la Commission demanda le rétablissement du Concours pour les chaires de professeurs ; elle demanda le maintien du corps des agrégés : elle appuya la requète adressée au roi par les étudiants qui demandaient la suppression du Baccalauréat ès-sciences pour les études médicales.

Les journaux politiques s'étaient emparés de la question. Le *Courrier français* avait demandé que les professeurs fussent nommés à l'élection par le corps des professeurs. La *Gazette des écoles,*

journal très-indépendant, avait publié, à la date du jeudi 23 septembre, un article signé « Un agrégé par concours, » article fort sérieux dans lequel l'auteur insistait sur ce point, qu'il ne faut pas
confondre l'Ecole avec l'Institut ou les Académies. « La chaire d'un
professeur, dit-il, ne doit pas être considérée comme un lieu de re-
pos ; c'est un poste qui réclame de la jeunesse et de l'activité ; c'est
le commencement d'une carrière d'étude et de dévouement, et non
la récompense d'une vie usée par les longs travaux.... »

Les professeurs agrégés qui avaient obtenu leurs places au concours avaient, de leur côté, adressé à la Chambre des Députés une
pétition demandant le retrait des ordonnances Corbière et Frayssinous, le rétablissement du concours pour les chaires qui allaient se
trouver vacantes. La Chambre décida le renvoi de la pétition au
Ministre de l'Instruction publique.

Dans son Rapport au Roi, le duc de Broglie avait fait un court
historique de la création de la Faculté de médecine, des Ordonnances
qui la régissent depuis la loi du 4 frimaire an III (4 décembre 1794)
jusqu'à celles du 21 novembre 1822 et du 2 février 1823 ; il demandait le rappel des professeurs éliminés par ces dernières, sauf à con-
server à la retraite ceux à qui l'âge en donnait le droit (1). Toutefois
le Ministre insistait sur un point, c'était le maintien des professeurs
qui avaient été nommés postérieurement au 2 février 1823, et il donnait comme raison que ces nominations avaient été faites selon le
mode usité depuis l'Ordonnance du 17 février 1815. Or, d'après cette
Ordonnance, c'était la Faculté qui faisait la présentation. Si parmi
les membres actuels de la Faculté, disait le Rapport, il se trouvait
des professeurs nommés par leurs collègues du 2 février 1823, ces
professeurs étaient en minorité, et, d'ailleurs les présentations de la
Faculté avaient été contrôlées par des présentations parallèles du
Conseil académique : d'où le ministre concluait au maintien des
professeurs nommés depuis 1823.

Le Ministre demandait le rétablissement du concours pour l'ob-
tention des chaires, et, chose importante, il demandait que le concours fût ouvert aussi bien aux simples docteurs qu'aux agrégés.
En outre, dans la crainte que la Faculté, se recrutant elle-même,
sans contrôle, ne pût tomber dans la partialité, il proposa d'ad-
joindre aux professeurs, juges du concours, un certain nombre de
juges étrangers à la Faculté, pris parmi l'Académie de médecine et
parmi l'Académie des sciences, les Médecins et les Chirurgiens des hôpitaux. Il proposa d'établir ultérieurement un mode particulier pour

----

(1) De Jussieu avait 82 ans ; Leroux, 81 ans ; Deyeux, 77 ans ; Desgenettes,
58 ans ; Lallement, près de 60 ans.

certaines chaires spéciales, — physique, chimie, histoire naturelle médicale. Enfin le Ministre proposait le maintien de l'agrégation.

A la suite de ce long rapport adressé par le duc de Broglie au nouveau monarque, le Roi rendit, le 5 octobre 1830, une Ordonnance en sept articles, portant :

1° Rappel des Ordonnances du 21 novembre 1822 et du 2 février 1823 ; (*Art.* 1).

2° Réintégration dans leurs fonctions des professeurs destitués ; *Art.* 2).

3° Rétablissement du concours et abolition du privilége réservé aux agrégés, c'est-à-dire accès du concours à tous les docteurs en médecine indistinctement. (*Art.* 4 *et* 5).

Cette Ordonnance ne donnait pas toutes les satisfactions qu'on en attendait, et elle fut discutée. Les uns virent d'un assez mauvais œil l'introduction parmi les juges de personnages étrangers à la Faculté, bien que ces personnages eussent pour eux le titre fort respectable d'académiciens. Les agrégés de leur côté réclamaient contre la faculté laissée aux docteurs de concourir pour le professorat sans avoir passé « par les fourches caudines de l'agrégation. » Ils demandèrent dans une pétition adressée au Roi, le 15 octobre, que le concours fût prescrit pour toutes les chaires vacantes ou à venir, car le bruit courait que Broussais, Magendie et Flourens devaient être nommés directement par l'autorité aux chaires de pathologie générale, de physiologie et d'histoire naturelle médicale.

En même temps les agrégés adressaient une autre pétition au Ministre de l'instruction publique, relativement à la composition du jury et au nombre ainsi qu'à la nature des épreuves.

La question des permutations fut aussi vivement agitée et combattue par des arguments sérieux, tendant à établir que, par ce système, on ne faisait que dissimuler un privilége et perpétuer un abus. Qu'un professeur particulier, disait-on, ait pendant longtemps enseigné la physiologie et se soit exclusivement consacré à cette science dans l'espoir de concourir pour cette chaire quand elle sera vacante, il sera déçu dans ses espérances, si cette chaire est donnée par permutation à un professeur titulaire d'une autre chaire.

C'est précisément ce qui eut lieu.

Une loi du 30 août 1830 avait prescrit à tous les fonctionnaires de « *jurer fidélité au Roi des Français, obéissance à la Charte constitutionnelle et aux lois du Royaume.* Le 13 septembre, tous les professeurs réunis en assemblée, avaient signé sur une feuille la prestation de ce serment. Récamier ne se présenta pas, mais il écrivit à l'Assemblée de la Faculté une lettre par laquelle il refusait le serment.

En 1852, nous avons vu Chomel le refuser également à l'Empire, dans une lettre où il disait que, médecin et ami du dernier Roi, il ne pouvait prêter le serment qu'on exigeait de lui, car « sa fidélité était acquise et due au malheur. » Formalité bien puérile que celle de tous ces serments officiels aux dynasties nouvelles.

Par suite de l'Ordonnance du 5 octobre 1830, de Jussieu, Deyeux, Desgenettes, Lallement et Leroux furent rappelés à l'enseignement, et Pelletan, Clarion, Guibert, Fizeau, Landré-Beauvais, Bougon, Cayol et Deneux, cessèrent de faire partie du corps des professeurs. Quant à Récamier, sa nomination était antérieure à la dissolution de la Faculté, mais sa lettre de refus de serment fut transmise au Ministre qui le destitua.

On ne s'était pas encore prononcé officiellement contre la permutation. Duméril quitta la chaire de physiologie pour prendre celle de pathologie médicale qu'occupait Fizeau ; Roux quitta la chaire de pathologie chirurgicale pour prendre celle de clinique, vacante par la destitution de Bougon ; Andral rendit à Desgenettes la chaire d'hygiène et passa à celle de pathologie médicale, en remplacement de Fouquier. Par suite de la destitution de Cayol, de Landré-Beauvais et de Récamier, trois chaires de clinique médicale furent vacantes : Fouquier en prit une : Leroux reprit celle qu'il occupait avant 1823, de telle sorte qu'il resta six chaires vacantes, celles de physiologie, de physique médicale, d'histoire naturelle médicale, de pathologie chirurgicale, de clinique médicale et de clinique d'accouchements.

Deneux protesta contre sa destitution ; il s'adressa au Ministre, au Conseil royal de l'Université. Il prétendit que sa nomination n'était entachée d'aucune illégalité et qu'en l'appelant à la chaire de clinique d'accouchements, le Ministre avait usé de son droit de nomination à une chaire nouvelle. Mais Deneux, après tout, n'était, pour ainsi dire, qu'un professeur *in partibus* : pendant sept ans, il n'avait jamais fait de leçons ; on ne le voyait qu'aux examens et à la caisse de la Faculté. Honnète médecin de province, Deneux était arrivé tard à Paris, avait été introduit à la Cour par de puissants amis, était devenu accoucheur de la duchesse de Berry et membre de l'Académie de médecine en 1820. Il était âgé de 56 ans quand il fut nommé professeur. Deneux demeura fidèle à sa cliente qu'il avait accouchée trois fois à Paris : il fut appelé près d'elle à Blaye, quand, le 10 mai 1833, elle accoucha d'une fille issue de son mariage secret avec le comte de Lucchesi-Palli. Deneux est mort octogénaire, le 28 décembre 1846, à Nogent-le-Rotrou, où il s'était retiré. On lui doit un excellent mémoire *Sur les tumeurs sanguines de la vulve et du vagin*, (Paris, 1830).

Cayol fit du bruit : comme Deneux il discuta sa destitution au point de vue du droit, prétendit, comme ce dernier, qu'il avait été nommé à une chaire nouvelle, qui était la quatrième chaire de clinique médicale. Entre Deneux et Cayol il y avait une grande différence, c'est que le dernier avait occupé avec un certain éclat la chaire de clinique médicale à l'hôpital de la Charité et qu'il avait fait preuve de talent par la parole et par la plume, car il était l'un des principaux rédacteurs de la *Revue médicale*, journal de la doctrine hippocratique. Cayol n'avait que trente-six ans quand il fut nommé à la chaire de clinique médicale (2).

Récamier le prit de haut avec le nouveau gouvernement. Nous avons vu précédemment qu'il n'avait pas prêté le serment. Dans une lettre rendue publique, il déclarait non pas qu'il ne *pouvait pas* prêter ce serment, mais qu'il ne le *voulait pas*; il ajoutait que, selon lui, il y avait deux méthodes pour juger l'avenir, « l'une qui consiste à regarder les événements en *haut*, dans la volonté suprême qui les règle, et l'autre, à les voir en *bas*, dans la fange du matérialisme qui souille tout ce qu'il touche.. » Ce refus devait naturellement amener la destitution de Récamier de ses chaires du Collége de France, où il avait succédé en 1827 à Laennec, et de la Faculté où il avait succédé à Corvisart en 1821. Comme professeur, Récamier était insaisissable; il était nuageux, obscur, n'avait rien d'ordonné dans ses idées, ni dans ses digressions, au milieu desquelles partaient comme des éclairs de génie. Récamier se laissait emporter par son imagination; c'était un fantaisiste, mais un fantaisiste précieux, appelant à son secours les moyens les plus bizarres, les plus excentriques, qui, dans des cas désespérés, procuraient parfois des guérisons presque miraculeuses. Il était comme on l'appelait et comme il s'appelait lui-même, un *guérisseur*. Le refus de serment enleva à Récamier ses deux chaires, mais lui laissa son fauteuil à l'Académie et son service à l'Hôtel-Dieu qu'il garda jusqu'au 1er janvier 1846. Son rôle était terminé comme professeur, mais non comme praticien, car il mourut subitement le 28 juin 1852, après avoir visité ses malades comme de coutume. Il était âgé de 78 ans.

Il a attaché son nom au spéculum plein, à la curette utérine, au traitement des kystes du foie par les caustiques, au traitement du cancer par la compression méthodique simple ou combinée, etc.

Bougon se résigna plus aisément que Deneux et Cayol. Ancien chirurgien au 2e régiment d'infanterie légère, docteur depuis le 16 brumaire an XIV (1805), il avait quitté l'armée et, depuis la Restauration, s'était attaché aux Bourbons. Il était premier chirurgien ordinaire du comte d'Artois, qui fut plus tard Charles X, et dans la

---

(2) Né à Marseille le 17 avril 1787, il est mort à son château de Flotin, près Boiscommun (Loiret), le 24 septembre 1856.

nuit du 14 février 1820, il fit preuve du plus grand dévouement envers le duc de Berry, blessé à mort à la porte de l'Opéra. Il n'avait pas quitté le prince, avait appliqué sa bouche sur la plaie et pratiqué la succion. Tant de dévouement ne devait pas rester sans récompense ; aussi Bougon fut-il compris, en 1820, dans la première promotion des membres de l'Académie de médecine et, le 2 février 1823, nommé professeur de clinique chirurgicale à l'hôpital de perfectionnement. La reconnaissance est parfois mauvaise conseillère, car Bougon n'avait aucune des aptitudes qu'exige l'enseignement de la clinique chirurgicale. C'était un médiocre professeur et un opérateur plus médiocre encore. Comme Deneux, Bougon demeura fidèle aux Bourbons. Il quitta la France après 1830, et ferma le 6 novembre 1836, à Goritz, en Bohème, les yeux de l'ex-roi Charles X, succombant à une attaque de choléra. Il resta ensuite auprès du comte de Chambord et mourut à Venise, en 1851.

Clarion, né en 1779, docteur depuis l'an XI, avait été pharmacien ordinaire de l'Empereur et directeur de la pharmacie de Saint-Cloud, poste qu'il conserva sous Louis XVIII et sous Charles X. Nommé membre de l'Académie de médecine dès sa fondation, il fut appelé, en 1823 à la chaire de botanique à la place de de Jussieu, nommé honoraire. En 1830, Clarion fut destitué à son tour ; il mourut le 28 septembre 1844.

Guilbert, reçu docteur en médecine, le 28 frimaire an XII, n'était pas beaucoup connu. De puissantes amitiés l'ont fait comprendre dans la promotion du 2 février 1823, où il remplaça Deyeux dans la chaire de pharmacologie. Il avait fait un livre sur les Maladies de l'utérus et, en 1830, il quitta sans grande protestation une chaire qu'il avait si facilement obtenue, qu'il avait occupée sans éclat et qui fut rendue à Deyeux.

Fizeau subit avec philosophie sa destitution. Quoique son nom soit presque oublié aujourd'hui, Fizeau eut aussi sa réputation : il avait été lauréat de l'Ecole pratique, était médecin des Quinze-Vingts, et, de 1804 à 1816, il fit des cours publics et gratuits de pathologie interne ; il avait collaboré au quatrième volume de l'Anatomie descriptive de Bichat, au Journal de médecine de Corvisart, Leroux et Boyer. Ces titres joints à ses opinions et à ses relations l'avaient fait appeler, à l'âge de 47 ans, le 2 février 1823, à la chaire de pathologie médicale. Son cours n'eut pas de succès. Fizeau est mort le 25 novembre 1864, à l'âge de 88 ans.

Landré-Beauvais, membre de l'Académie de médecine depuis 1821, était septuagénaire quand il fut nommé, en 1823, à la chaire de médecine clinique et au décanat de la nouvelle Faculté. Elève et aide de Pinel à la Salpêtrière, puis médecin adjoint de cet établissement, Landré-Beauvais fit, jusqu'en 1807, des cours de séméiotique et de pathologie médicale qui furent très-suivis et que sa santé l'avait forcé d'interrompre. Ses opinions politiques et religieuses, son titre de médecin consultant du Roi, son esprit fin et conciliant l'avaient désigné aux fonctions élevées de Doyen. Son service d'hôpital était pour ainsi dire réservé pour les cas extraordinaires et difficiles et on expliquait malicieusement la rareté de ses leçons par « *la rareté des cas rares.* » Landré-Beauvais rentra dans la vie privée en 1830 et mourut en 1840, âgé de 88 ans.

Quant à Pelletan, on verra plus tard qu'il ne se tint pas pour battu et qu'il ne craignit pas de redemander par la voie du concours la chaire qu'il avait obtenue par la faveur.

De Jussieu et Lallement demandèrent leur retraite.

A la suite de toutes ces destitutions, de ces permutations et de ces rappels à l'activité, la Faculté était ainsi constituée à l'ouverture de l'année scolaire 1831 :

Doyen : Antoine Dubois.

Professeurs :

Anatomie	Cruveilhier.
Physiologie	»
Chimie	Orfila.
Physique médicale	»
Histoire naturelle médicale	»
Pharmacie	Deyeux.
Hygiène	Desgenettes.
Pathologie chirurgicale	Marjolin.
	»
Pathologie médicale	Duméril.
	Andral.
Opérations et appareils	Richerand.
Thérapeutique et matière médicale	Alibert.
Médecine légale	Adelon.
Accouchements, etc.	Moreau.
Clinique médicale	Leroux.
	Fouquier.
	Chomel.
	»
Clinique chirurgicale	Roux.
	Boyer.
	Dubois.
	Dupuytren.
Clinique d'accouchements	»

Il y avait, comme on le voit, bien des vides à combler.

Le 2 novembre 1830, la Faculté rouvrait ses portes.

Le vieux Dubois, rappelé en 1829 à l'activité, malgré ses soixante-quatorze ans, reparut dans sa chaire de clinique chirurgicale à l'hôpital de perfectionnement (Cliniques), et l'octogénaire Leroux dans sa chaire de clinique médicale à l'hôpital de la Charité. Tous les deux furent accueillis par un auditoire nombreux et sympathique de médecins et d'étudiants.

Cruveilhier fut moins heureux que ses deux collègues. Des troubles avaient eu lieu à l'Ecole de droit. Le tumulte est contagieux ; il gagna vite l'Ecole de médecine. Le 27 novembre, la leçon de Cruveilhier fut troublée par des sifflets, malgré les efforts du professeur, malgré l'intervention du Doyen, et ces désordres se renouvelèrent trois fois de suite. A la quatrième leçon, Cruveilhier tint tête à l'orage et tout rentra dans l'ordre.

On reprochait à Cruveilhier d'avoir été nommé par l'évêque d'Hermopolis, à cause de ses tendances religieuses. Il le savait, et ceux qui ont connu Cruveilhier ont pu se convaincre que la religion n'était pas un manteau dont il se parait et qu'il n'a jamais renié ni affiché ses principes. Quelques journaux politiques, le *National* entre autres, lui étaient un peu hostiles ; ce dernier journal publia contre lui un article malveillant. Cruveilhier répondit en rappelant qu'en 1823, au Concours d'agrégation, il avait été nommé le premier sur vingt-quatre compétiteurs et que, en 1824, il avait été nommé professeur d'anatomie à la Faculté de Montpellier, avant d'être appelé Paris.

Tandis que Cruveilhier avait à lutter contre l'esprit turbulent des élèves, Andral, Chomel et Rostan étaient nommés chevaliers de la Légion d'honneur.

Chaque commotion politique amène et provoque des réformes.

L'étudiant d'aujourd'hui, doté de tant de moyens d'instruction qui manquaient à ses devanciers, ne s'imagine pas toujours ce qu'il a fallu de peines pour conquérir quelques-uns des avantages qu'il possède actuellement. Après 1830, les étudiants profitèrent des idées du moment pour songer à leurs intérêts.

Ils se réunirent en séance dans le grand amphithéâtre de la Faculté, avec l'autorisation du Doyen et du Ministre, sous la présidence d'un de leurs condisciples, Parent, nommé à l'élection. 1 500 à 1 800 élèves environ assistaient à la réunion. Ils décidèrent qu'une commission de douze membres serait chargée de rédiger une pétition, demandant :

« 1⁰ Que la bibliothèque de la Faculté soit mise à la disposition de tous les étudiants, et soit ouverte de dix à trois heures tous les jours et qu'on leur donne indistinctement communication de tous les ouvrages ;

2° Que chaque pièce anatomique porte une inscription détaillée et non un simple numéro ;

3° Que le privilége du choix des cadavres pour les internes des hôpitaux soit limité ;

4° Qu'il soit libre à chaque élève de faire imprimer sa thèse par un imprimeur de son choix ;

5° Qu'on supprime l'examen pour le baccalauréat ès-sciences, examen inutile puisqu'il se compose des mèmes matières que le premier examen ;

6° Qu'on soit admis dans tous les hôpitaux sur la simple présentation de la carte d'étudiant ;

7° Que les hôpitaux de la Maternité et des Vénériens soient ouverts avec certaines restrictions. »

Les deux premières réunions furent assez calmes pour la circonstance ; mais la troisième fut défendue par l'autorité supérieure.

Dans sa délibération du 20 décembre, la Faculté appuya la demande de suppression du baccalauréat ès-sciences.

L'année 1831 s'annonçait grosse de nuages. Le tumulte des cours de droit et de médecine n'était qu'assoupi. Il existait alors un journal, qui se faisait l'écho du bruit du quartier des Ecoles, c'était la *Tribune*. Les étudiants avaient adressé à ce journal un projet d'association des trois écoles de droit, de médecine et polytechnique, sous l'invocation « Amour de la patrie, et pour la liberté, la paix et le bonheur du peuple. » Le nouveau Ministre de l'Instruction publique, Barthe, s'opposa à la formation de cette Société, s'appuyant sur une ordonnance du 5 juillet 1820, qui défend aux étudiants de « former entre eux aucune association et d'agir ou d'écrire en nom collectif, comme s'ils formaient une corporation ou association légalement reconnue ; en cas de contravention, il est instruit contre les contrevenants par les Conseils académiques et application leur est faite des peines de discipline déterminées par les articles 19 et 20 de ladite ordonnance. »

Quelques étudiants rédigèrent une protestation contre la lettre du Ministre et cette protestation, insérée dans la *Tribune*, les fit appeler devant le Conseil académique et punir de la perte d'une ou plusieurs inscriptions.

Une ordonnance royale du 18 janvier, d'après l'avis favorable des professeurs de la Faculté, dispensait les étudiants en médecine de l'examen du baccalauréat ès-sciences prescrit depuis 1820.

Le vendredi 21 janvier 1831, avait lieu dans le grand amphithéâtre la séance solennelle de rentrée de la Faculté, sous la présidence du doyen. Andral prononça le discours officiel ; il raconta à grands traits le rétablissement de l'Ecole de santé par la Convention nationale ; il en blâma la dissolution par l'acte arbitraire du 21 novembre 1822 ; il fit le panégyrique de Désormeaux, mort récemment et, après avoir rappelé aux étudiants leurs devoirs dans la rude et honorable profession médicale, après avoir applaudi au rétablissement du concours, il fit en quelques lignes l'éloge du Souverain.

Après ce discours fortement applaudi, Adelon proclama les lauréats qui furent Sestié, Pailloux, Laberge et Bergeon pour le prix de l'Ecole pratique, Boulanger et Bachelier pour le prix Corvisart.

Quelques jours après, le Doyen, accompagné d'un grand nombre d'élèves, fut admis en audience par le Ministre de l'Instruction publique, Barthe, pour protester au nom des étudiants contre les troubles qui s'étaient manifestés dans les derniers jours de décembre dans la cour de la Sorbonne, où le ministre lui-même avait été insulté, et pour le remercier d'avoir supprimé le baccalauréat ès-sciences.

L'arrêté du 27 décembre 1830 avait prescrit le concours pour les cinq chaires de physique, de pathologie externe, d'histoire naturelle médicale, de physiologie et de clinique médicale. Ces concours devaient s'ouvrir le 7 février et on allait voir descendre dans l'arène :

Pour la *Physique :* Pelletan (le professeur destitué), Guérard, Legrand et Person :

Pour la *Pathologie externe :* Petit, Jules Cloquet, L. Sanson, Norgeu, Velpeau, Blandin, Bérard, Dubled, A. Sanson ;

Pour l'*Histoire naturelle médicale :* Richard ;

Pour la *Physiologie :* Piorry, Lepelletier, Guérin (de Mamers), Defermond, Velpeau, Bouillaud, Gerdy, Bouvier, West, Trousseau, Bérard aîné, Sandras et Requin ;

Pour la *Clinique interne :* Bouillaud, Gaultier de Claubry, Gendrin, Louis, Piorry et Rochoux.

De toutes les chaires demandées par la Commission dont J. Guérin était rapporteur, on n'en avait obtenu qu'une seule, celle de pathologie et de thérapeutique générales, qui fut créée par Ordonnance royale en date du 16 février 1831. L'article 2 de cette ordonnance portait que le Ministre de l'Instruction publique nommerait pour la première fois à cette chaire.

Elle fut donnée à Broussais.

Paris. — A. PARENT, imprimeur de la Faculté de Médecine, rue M.-le-Prince, 29-31.

LA
FRANCE MÉDICALE

Paraissant le Mercredi et le Samedi

BUREAUX
Chez V. A. DELAHAYE et Cⁱᵉ
Pl. de l'École-de-Médecine
PARIS

25ᵉ ANNÉE

UN AN
FRANCE...... 12 FR.
UNION POSTALE 16 FR.
PAYS D'OUTRE-MER 20 FR.

Rédacteur en Chef

Le Dⁱ BOTTENTUIT

MÉDECIN CONSULTANT AUX EAUX DE PLOMBIÈRES,
ANCIEN INTERNE DES HÔPITAUX DE PARIS,
MEMBRE DE LA SOCIÉTÉ ANATOMIQUE,
CHEVALIER DE LA LÉGION D'HONNEUR, ETC,

COMITÉ DE RÉDACTION.

P. BERGER,
Professeur agrégé à la Faculté
de médecine de Paris.

LABADIE LAGRAVE,
Ancien interne lauréat
des hôpitaux,

G. CHANTREUIL,
Prof. agrégé d'accouchement
à la Faculté de Paris.

Secrétaire de la rédaction : A. CHEVALLEREAU, interne des hôpitaux.

COLLABORATEURS :

MM. GOSSELIN, Germain SÉE, RICHET, GUENEAU DE MUSSY,
VERNEUIL, BONDET (de Lyon), BUCQUOY, Michel PETER
Alfred FOURNIER, HAYEM, LAUGIER, CORLIEU, FERRAND, GENEVOIX,
BERTÉ (de Rennes), A. BERGERON, etc., etc.

Outre les travaux de médecine et de chirurgie pratiques, qui occupent la place la plus importante, la *France médicale* publie de nombreux articles sur les sciences accessoires. Il parait deux fois par mois une *Revue de Chimie et de Pharmacologie*.

Les travaux français et étrangers y sont analysés dans une *Revue hebdomadaire de la Presse*.

Les séances des Sociétés savantes, la Bibliographie, les Variétés littéraires et médicales, les Intérêts professionnels sont l'objet de comptes-rendus et d'articles qui paraissent régulièrement.

On s'abonne en envoyant un mandat-poste de 12 francs à M. V. A. DELAHAYE et Cⁱᵉ, éditeurs, Place de l'École-de-Médecine. Pour les Étudiants, le prix d'abonnement est de 8 fr.

RED. :

9

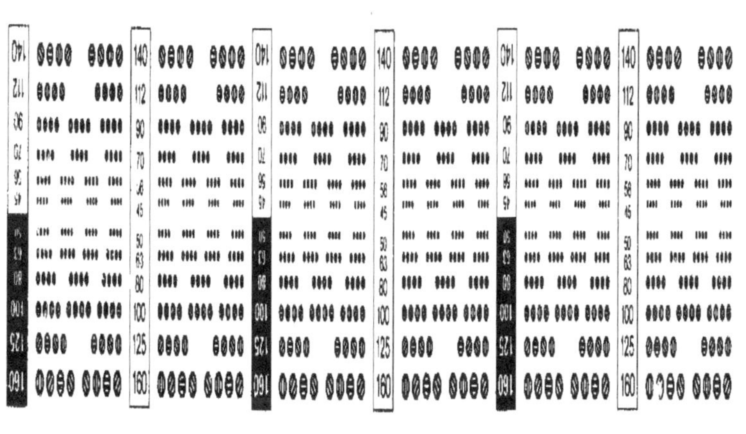

MIRE ISO N° 1
NF Z 43-007
AFNOR
Cedex 7 - 92080 PARIS-LA-DÉFENSE
379.09.70
graphicom

0 1 2 3 4 5 6 7 8 9 10

www.ingramcontent.com/pod-product-compliance
Lightning Source LLC
Chambersburg PA
CBHW071304130726
47998CB00003B/1330